La canción de Amina
ISBN: 978-607-9344-37-5
1ª edición: mayo de 2014

© 2010 *by* Fabiana Fondevilla
© 2013 de las ilustraciones *by* Daniel Roldán
© 2010 *by* EDICIONES URANO, S.A., Argentina.
Paracas 59 – C1275AFA – Ciudad de Buenos Aires

Edición: Anabel Jurado
Diseño Gráfico: Daniel Roldán

Ediciones Urano México, S.A. de C.V.
Insurgentes Sur 1722, ofna. 301, Col. Florida
México, D.F., 01030, México.
www.uranitolibros.com
uranitomexico@edicionesurano.com

Impreso en China – *Printed in China*

La CANCIÓN de AMINA

Fabiana Fondevila • Daniel Roldán

URANITO EDITORES

ARGENTINA - CHILE - COLOMBIA - ESPAÑA - ESTADOS UNIDOS - MÉXICO - PERÚ - URUGUAY - VENEZUELA

FABiANA FONDEViLA

Fabiana escribe cuentos, notas, novelas y sueños.
Escribe para recordar, para agradecer, para celebrar. Sobre todo,
escribe para dar cuenta de su asombro infinito y tenaz.

DANiEL ROLDĀN

Daniel es ilustrador y pintor. Piensa que vivir es una oportunidad
para conocer el mundo, por eso le gusta tanto viajar en avión, en barco,
en monopatín o leyendo un libro también.

CUENTOS QUE NOS CUENTAN

Una estepa helada. Un bosque húmedo y envuelto en sombras. Las olas de un mar bravío. Un pico empeñado en besar el cielo. El manso fluir de un río.

Fértiles o desprovistos, hostiles o acogedores, desafiantes o agraciados, los paisajes que habitamos siempre han sido marco de nuestros sueños y desvelos, tema de nuestras narraciones, fuente de inspiración, destino.

Como las leyendas que narraran los ancianos bajo las estrellas, estos relatos se nutren de la tierra y el agua, del aire y el fuego que en cada rincón del planeta se fundieron de manera precisa y necesaria para dar lugar a un mundo. Sus protagonistas contemplan a los seres que habitan ese universo, se descubren en ellos y aprenden. Del jaguar, la fiereza; de la hormiga, la constancia; de la montaña, el aplomo; del sol, en su incansable retorno, la esperanza, la osadía, la sorpresa.

Cambian los colores y los escenarios. Algunos apenas adivinan el cielo entre la espesura, otros dialogan a diario con el horizonte. Pero es más lo que une a estos pueblos primigenios que lo que los diferencia. "Cada parte de esta tierra es sagrada para mi gente —dijo el cacique Seattle en 1852—. Cada lustrosa hoja de pino, cada costa arenosa, cada bruma en el bosque oscuro, cada valle, cada insecto zumbón, todos son sagrados en la memoria y la experiencia de mi pueblo".

Dondequiera que hoy vivamos, así fueron nuestros comienzos: abiertos al misterio; ajenos a la ilusión de la soledad; plenos de veneración por los ancestros y de respeto por los poderes naturales, incluso los más oscuros; agradecidos, siempre, con las fuentes de sustento.

¿Estamos de veras tan lejos de nuestros antepasados? ¿Podremos aún, como ellos, succionar con las abejas, tejer con las arañas, cantar con las ranas y enmudecer al alba? ¿Podremos percibir aún, en la tierra seca, la huella de antiguas pisadas?

Si hemos olvidado, que el pródigo universo nos lo recuerde.

La CANCiÓN de AMiNA

lovía, como todas las tardes en la selva. Una cortina de agua se deslizaba por las hojas de banano, despeinaba los helechos y teñía el verde de color plateado. Grandes y chicos se resguardaban dentro de las chozas, protegidos por los techos de hojas de mongongo. Los grandes descansaban; los chicos escuchaban, una vez más, los relatos del viejo Ekianga. Ese día, el viejo estaba inspirado. Contaba el cuento de las aventuras de Kelemoke, un antepasado de la tribu recordado como un héroe por haber derrotado a un enorme cocodrilo.

No era casual que ese día hubiera elegido contar aquella historia. Hacía rato que escaseaban los animales de caza y, como siempre que esto sucedía, la tribu tendría que trasladarse a una región más pródiga del bosque. Para hacerlo, deberían atravesar el río Epulu, que en esa época del año era caudaloso y estaba infestado de cocodrilos. Por eso, Ekianga azuzaba la imaginación de los jóvenes con las hazañas de los que habían venido antes. El joven Kelemoke había perdido un brazo en la lucha con el cocodrilo, pero había vivido para contarlo y así se había ganado fama de héroe. Esto solo bastaba para iluminar los ojos de los varones. Pero Amina escuchaba el cuento con horror. ¿Qué importaban el orgullo y el honor del guerrero? No quería ni pensar en que alguno de sus hermanos, primos o amigos sucumbiera bajo las fauces de esas bestias... ¡Tenía que haber una forma de evitarlo y ella la iba a encontrar!

A la mañana siguiente, el aroma de los plátanos que se cocían sobre las cenizas despertó a Amina dulcemente. El suelo de la selva había amanecido salpicado de sol, y ese era un buen augurio. Desayunó contenta, segura de que en la expedición de caza encontrarían animales suficientes para que la tribu pudiera quedarse en la aldea hasta que pasaran las lluvias y el río se volviera menos peligroso.

La expedición comenzó bien: Moke y Kadaya, dos jóvenes cazadores, derribaron un mono volador y dos palomas con tres certeros flechazos. Pero la alegría duró poco: esta vez tampoco hallaron presas sustanciosas. Ni búfalos ni rinocerontes ni cebras ni leopardos… ni un mísero oso hormiguero agitaban el follaje. Ya ni siquiera recordaban la última vez que habían cazado una presa grande y llenado sus panzas por una semana entera. En la aldea, esperaban demasiadas bocas hambrientas y esa tarde quedó decidido: se mudarían al día siguiente.

Esa noche, recogieron hongos y raíces y, junto con la poquita carne que tenían, prepararon un guiso. Después de comer, las mujeres y los niños se retiraron a dormir a las chozas. Los hombres tenían otro cometido: realizarían la ceremonia más importante de la tribu, la que se reservaba para ocasiones graves, enfermedades o infortunios. Toda la noche danzarían y cantarían alrededor del fuego, haciendo sonar el *molimo* para despertar al bosque y recordarle que ellos, sus hijos, lo necesitaban.

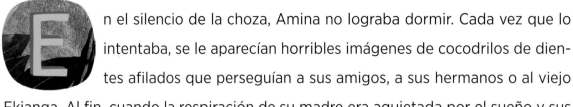n el silencio de la choza, Amina no lograba dormir. Cada vez que lo intentaba, se le aparecían horribles imágenes de cocodrilos de dientes afilados que perseguían a sus amigos, a sus hermanos o al viejo Ekianga. Al fin, cuando la respiración de su madre era aquietada por el sueño y sus hermanos Kenge y Masalito ya roncaban, Amina se desenredó del abrazo familiar y salió sin hacer ruido.

Concentrados en su danza, los hombres no la vieron alejarse. Caminó largo rato sobre la tierra mullida, tanteando con los pies las raíces de los árboles, tomándose de las lianas y las ramas bajas, sosegada por el croar de las ranas y los aullidos de los monos en el techo del bosque. Finalmente, llegó a su destino: el cañaveral en el que los hombres elegían el *molimo* —una caña larga y pesada— para los grandes ritos. Amina eligió un ejemplar delgado y lo arrancó de cuajo. Acercó la boca a un extremo y emitió un tímido sonido. Luego, otro apenas más fuerte y otro más, hasta que la vibración la sacudió de pies a cabeza. Poco a poco, se fue animando a entonar las canciones que tantas veces había escuchado desde el silencio de la choza. Cantó, haciendo vibrar el instrumento sagrado hasta despertar incluso a la última hoja perezosa, al último espíritu esquivo.

En la aldea, los hombres pedían coraje para cruzar el río. En el bosque oscuro, Amina clamaba por lo contrario: que un milagro impidiera la peligrosa hazaña... o los salvara de sus consecuencias.

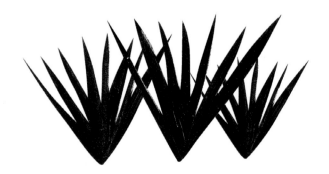

A la mañana siguiente, las familias desarmaron las chozas, cargaron a sus espaldas sus pocas pertenencias e iniciaron la mudanza en larga fila de hormigas. No tardaron en avistar el río, que de tan ancho parecía un mar. Amina se acercó a la orilla y respiró hondo: las aguas corrían más vigorosas que nunca y la otra costa se veía lejos, lejísimos. En cada tronco que pasaba flotando, le parecía advertir una bocota llena de dientes puntiagudos.

El primero en cruzar sería Ausu, el joven más valiente de la tribu. Le ataron una soga a la cintura para que la llevara a nado hasta la otra costa. Una vez que llegara, la ataría a un árbol para poder construir un puente. "Si es que llega", pensó Amina y no fue la única. El joven se internó en el río con decisión. Sus amigos lo alentaban, las chicas se tapaban la boca y se abrazaban de los nervios. Ausu avanzaba todo lo rápido que podía. De pronto, el viejo Ekianga pegó un alarido. Apoyado en su bastón, sordo y casi ciego, había detectado antes que nadie al animal que acechaba, lento y sigiloso, a espaldas del joven. Tiraron de la soga de a uno, de a dos, de a veinte. Fue tanta la fuerza del grupo que arrastró al nadador de vuelta a la orilla antes de que el animal tuviera tiempo de reaccionar. Ausu llegó medio ahogado, atontado por el susto, pero entero.

Los mayores volvieron a reunirse para debatir qué hacer. Tenían que llegar a la otra costa más tarde o más temprano, o morirían de hambre.

—¡Voy yo! —gritó Kenge—. Soy buen nadador, les puedo ganar a los cocodrilos.

Mientras los mayores sopesaban la agilidad de un joven contra la fuerza de otro, la liviandad de un tercero contra la rapidez de un cuarto, Amina se trepó al árbol más alto de la orilla y, desde arriba, emitió un silbido. Como todos los chicos de la aldea, había aprendido a trepar en épocas de la cosecha de miel y lo hacía sin miedo ni torpeza alguna.

—¡Baja ahora mismo de ahí, Amina! —instó su madre, asustada.

Pero el viejo Ekianga intervino:

—De Amina ha venido la única buena idea que hemos tenido en este tiempo. Debe ser que el bosque le está susurrando. Yo digo que lo intente.

Nadie se atrevió a discutir con Ekianga. Grandes y chicos trabajaron para amarrar a la niña firmemente a la liana. Luego, treparon a una saliente e izaron la liana bien alto. A la voz de mando, todos los que tiraban de la liana la soltaron de golpe. Amina voló por el aire, cruzó el ancho río, llegó tan cerca de la otra costa que olió las flores en las ramas de los árboles..., pero no alcanzó. La liana trazó un arco perfecto y la devolvió a la orilla donde su gente aguardaba.

uficiente! ¡Que pruebe otro ahora...! —clamó la madre de Amina.

—¡No! Yo puedo hacerlo, sé que puedo. ¡Súbanme más alto! —clamó la niña.

El viejo Ekianga se arrodilló, clavó su mirada anciana en los ojos negros de la pequeña y le preguntó sin palabras. Y, del mismo modo, Amina respondió que no dudaba, que la voz del bosque seguía con ella, llamándola y guiándola.

La volvieron a subir. Esta vez, los hombres treparon tan alto que Amina quedó suspendida entre cielo y tierra, en ángulo recto con el suelo. Cerró los ojos. Cerró los oídos. Abajo, sonaban los gritos de aliento, pero ella quería escuchar al bosque, solo al bosque.

Uno, dos, tres... y allí fue Amina, disparada por la fuerza combinada del ejército de brazos. En instantes, estaba en la otra orilla. Estiró el brazo hasta rozar la punta de una rama, que pareció estirarse también hacia ella. La tomó de un manotazo y con un solo movimiento se abrazó al tronco. En la costa, estallaron los gritos de júbilo.

Por esa liana, cruzarían los jóvenes de la tribu. Con esa liana y muchas más, construirían un puente. Por ese puente, desfilarían los niños, las niñas, los abuelos y las abuelas, las madres con sus bebitos, el viejo Ekianga. Amina los recibiría sonriente, hamacándose entre las lianas. El bosque, a sus espaldas, susurraría su canción.

¿QUiÉNES SON?

Los pigmeos pertenecen a la tribu mbuti o bambuti, cazadores recolectores que viven en el impactante bosque Ituri, en el corazón de África, dentro de los límites geográficos de la República Democrática del Congo. Es uno de los pueblos que más tiempo ha habitado esa zona. De hecho, los antiguos egipcios se referían a ellos como *la gente de los árboles*. Eso es porque los bambuti, a quienes en Occidente llamamos *pigmeos* por su baja estatura, viven en intensa comunión con el bosque. Tanto es así que utilizan la misma palabra para referirse a los grupos en los que se mueven (*ndura*, que significa 'familia', 'mundo') y para nombrar al bosque. ¿Por qué? Porque sienten que el bosque es como una madre o padre que los protege y que todos los que habitan en él son sus parientes.

El pueblo bambuti está integrado por unas 40 000 personas, pertenecientes a tres culturas diferentes, cada una con su propio idioma: los efe, que hablan balese; los sua, que se comunican en bira; y los aka, que se expresan en mangbet.

¿Cuán bajos son los pigmeos? No superan el metro y medio, más o menos lo que mediría un chico de ocho años en Occidente. Pequeños como son, ellos saben cazar un elefante a punta de lanza y se mueven con gracia, destreza y valentía dentro de una selva que a otros les parece impenetrable.

¿CÓMO ES EL LUGAR DONDE VIVEN?

Un bosque es un conjunto de árboles. Un bosque tropical es a veces llamado *selva* o *jungla* porque tiene árboles altos, de hojas anchas y muy verdes, y permanece envuelto en el calor y la humedad. Así es el Ituri, donde viven, cazan, comen y cantan los bambuti. Si alguien los invitara a conocerlo, quizás lo primero que notarían es la luz. Los libros y las películas, generalmente, hacen de las selvas lugares oscuros y ominosos cuando, en realidad, son lugares mágicos en los que la luz cambia minuto a minuto. En un momento, los rayos del sol se filtran por entre los árboles y los salpican de destellos dorados. Poco después, el sol se esconde y todo se tiñe de un blanco eléctrico, como iluminado por lámparas de oficina. Unos metros más allá, las sombras de las hojas gigantes adquieren un tono azulado. Al final del día, el rojo del atardecer se posa también sobre los helechos. El interior del bosque siempre es húmedo. Como llueve a cada rato, los árboles no alcanzan a secarse y en todas partes se ve cómo el agua fresca cae de las hojas y las ramas. Lo que nunca hay allí es silencio. La banda de sonido incluye el canto de los pájaros, el croar de las ranas saltarinas, el aullido de los monos, el bramido distante de un elefante, el gruñido seco y escalofriante del leopardo que se acerca, y en el fondo, con un ritmo suave y musical, el canto a coro de los bambuti. ¡Bienvenidos a la selva!

¿DÓNDE DUERMEN?

Los pigmeos son nómades. Eso quiere decir que no tienen un lugar fijo de residencia. Para cobijarse, levantan sencillos campamentos circulares a unos cuarenta metros de un arroyo que los abastece de agua. Las mujeres construyen las chozas con forma de iglú, con una entrada que siempre queda abierta. ¿Cómo lo hacen? Atan ramas o árboles jóvenes y flexibles en el centro y recubren la estructura con las enormes hojas del mongongo, un árbol que crece en la zona. Pero no vayan a pensar que los hombres pigmeos son unos vagos: a ellos les toca la tarea de recolectar los materiales de construcción y hacer el fuego.

Las chozas se construyen siempre a unos treinta kilómetros del perímetro externo del bosque, nunca en el centro. ¿Por qué? Porque consideran que el centro del bosque no tiene dueño y lo llaman *tierra de nadie*. Cada choza tiene un fogón en el medio; de esta manera, imitan la forma del bosque, que para ellos es un círculo con un centro demarcado.

Duermen sobre colchonetas hechas de hojas de mongongo trenzadas. ¡Ah!, el baño es enorme: el bosque entero o, al menos, la porción de bosque que rodea el campamento. Luego de que han vivido un mes en el mismo lugar, sucede que los animales de caza, la fruta y la miel comienzan a escasear —y, además, el aroma del baño al aire libre se vuelve un tanto molesto—. Entonces, simplemente empacan sus pocas pertenencias y se mudan a otra parte. Lo más importante que llevan con ellos es el fuego: acarrean

troncos encendidos dentro de una canasta y nunca dejan que estos se apaguen porque encender un fuego en el bosque húmedo no es cosa fácil.

Desde hace muchos años, los bambuti comercian con los bantúes, otra tribu, aunque de hombres altos, que reside en aldeas deforestadas y practica la agricultura. Como los bantúes le tienen terror al bosque y jamás se adentran en él si pueden evitarlo, los bambuti los proveen de animales, frutos y miel; a cambio, los bantúes les proporcionan hierro para sus lanzas y vegetales de cosecha. Los bantúes piensan que tanto el bosque como los bambuti son sucios y peligrosos. Y a los bambuti les desagrada la vida a cielo abierto de los bantúes, sin árboles que protejan del sol o resguarden del polvo que el viento levanta. Cuando van a las aldeas a comerciar, se quedan allí el menor tiempo posible y pronto vuelven a internarse en su amado bosque. Si necesitan una herramienta, la piden prestada de las aldeas cercanas, pero, por lo general, se arreglan con lo que tienen: lianas para hacer sus redes, ramas para sus casas, troncos para sus banquitos, hojas para confeccionar canastas, bolsitas y camas. En el bosque, no se requiere mucho más.

¿CÓMO SE VISTEN?

Los habitantes del bosque usan taparrabos que hacen con la corteza interna de unas lianas de la zona. Los hombres mojan esta corteza y la machacan con colmillos de elefante hasta convertirla en un tejido blando y suave. Desde el momento en que este pueblo comenzó a relacionarse con el mundo exterior, incorporó también las telas de algodón.

Los bambuti se decoran el cuerpo con una pintura hecha de frutos y leche. Como no tienen espejos, se pintan unos a otros y no hay dos diseños iguales. Llevan el pelo corto para evitar los piojos. También se adornan la cara mediante una práctica conocida como *escarificación*: se hacen pequeños cortes en la piel e introducen polvo de arcilla o cenizas en las heridas y así crean una especie de tatuaje con relieve. Algunas mujeres usan collares de semillas, y tanto hombres como mujeres se liman los dientes en punta para verse más atractivos. Si esto les sorprende, recuerden que entre nosotros, los occidentales, las películas de vampiros nunca pasan de moda.

¿CÓMO CAZAN?

Para capturar presas pequeñas, como monos o pájaros, usan arco y flechas con punta envenenada. Para atrapar animales gigantes, como búfalos, elefantes o rinocerontes, recurren a afiladas lanzas. Pero para cazar presas de tamaño medio, leopardos, antílopes y okapis (un animal rarísimo que parece una cruza de cebra y jirafa), utilizan un método a prueba de valientes. Cuando detectan el movimiento de una de estas presas entre las hojas, las mujeres y los niños la persiguen, mientras que golpean ramas y emiten chillidos con el fin de que se asuste y corra. De esta manera, van llevando al animal hasta el lugar en que los hombres lo esperan, apostados detrás de unas gigantes redes tejidas a mano. Una vez que el animal queda atrapado, uno de los hombres le da muerte con su lanza.

Los varones aprenden a hacer flechas y a capturar presas pequeñas a partir de los dos años. Como en el bosque nunca es fácil ver a gran distancia por la vegetación, aprenden desde chiquitos a cazar con la ayuda de su oído.

¿QUÉ COMEN?

Comen toda la carne que puedan conseguir, más frutas, hongos (son expertos en encontrar las hojas que esconden los más sabrosos) y raíces (hay algunas muy dulces que comen como golosinas, como las de la liana itaba). De vez en cuando, además, se dan un atracón de orugas y termitas. Una de sus bebidas favoritas es el *liko*. La preparan con hierbas y frutos, especialmente con un frutito conocido como *nuez de cola*, que despierta y quita el hambre, un poco como nuestros refrescos. No usan vasos ni tazas para beberla, sino hojas de mongongo.

De desayuno, preparan bananas cocidas sobre cenizas y, a veces, guisos con carne sobrante de la noche anterior. Pero su verdadera pasión es la miel. Tanta glotonería despierta en ellos este alimento que la fiesta de la cosecha de miel, conocida como *Nkumbi*, es una de las más importantes del año. Encuentran las colmenas siguiendo el rastro de unos sonidos que provienen de las copas de los árboles y que ellos atribuyen a los camaleones. ¿Cómo la cosechan? Muy simple. Se trepan hasta la copa de los árboles, que suelen ser delgados y de pocas ramas, cargando una canasta con hojas humeantes. El humo atonta a las abejas y permite a los bambuti capturar la colmena y bajar con ella. En tierra, los trozos de colmena se reparten, entre gritos de emoción y alboroto, como si fueran oro líquido. Muchos chicos no pueden esperar y se trepan ellos mismos a los árboles (¡de hasta doce metros de altura!) para embadurnarse a gusto. Los bambuti ahuyentan las abejas con la mano del mismo modo en que otros pueblos espantan a los mosquitos; para ellos, este delicioso alimento bien vale un par de picaduras.

La primera miel del bosque, producto de las floraciones de junio, es clara, suave y fresca; la de fin de agosto es espesa, aromática y oscura como melaza. ¡A ellos les encantan todas! Los que la han probado dicen que la locura de los bambuti por la miel del bosque es comprensible, ya que es lo más parecido a un néctar del paraíso.

¿CÓMO SE LLAMAN UNOS A OTROS?

Los chicos llaman a todas las mujeres de la aldea *ema* ('madre'). Es más, las madres a veces intercambian hijos y adoptan a los de sus hermanas o amigas. Esto no es raro porque los bambuti consideran que todos los adultos son responsables por todos los niños.

Los habitantes del bosque son sumamente pacíficos y le dan gran importancia al respeto y a la consideración hacia el otro, valores que se enseñan tempranamente. Los niños de la misma edad se llaman unos a otros *apua'i* ('hermano') toda la vida.

Aunque pueden pelearse, como cualquiera, los bambuti tienen una forma efectiva de evitar que una pelea se agrave: algún miembro del grupo interviene, burla a ambos contrincantes, imita sus palabras y exagera sus movimientos, hasta que todo termina en una gran carcajada.

Una curiosidad: solo tienen nombres para tres colores, el negro, el blanco y el rojo. Para referirse a otros tonos, establecen comparaciones; por ejemplo, *como las hojas* para aludir al color verde y *como el leopardo* para aludir al amarillo. ¿Pueden imaginar algunas comparaciones que harían ustedes si no tuvieran cómo nombrar los colores?

¿CÓMO SE DIVIERTEN?

Los bambuti no escriben ni pintan, pero son grandes músicos y narradores.

Sus coros llenan el bosque de ritmo y melodía a cada momento del día. Reunidos en círculo, improvisan cantos a muchas voces. Cada uno entona su parte y son todas distintas, con variaciones de ritmo y melodía. Incluso, a veces, cada uno canta desde su propia choza y forma el coro sin equivocarse.

Cuando oscurece, comparten cuentos sobre espíritus del bosque y leyendas de sus ancestros alrededor de la fogata. Además, disfrutan mucho del baile, especialmente en las noches de luna; al danzar, golpean rítmicamente el piso con cañas huecas.

Aunque no conocen deportes como el fútbol o el básquet, los jóvenes de la tribu aprenden la caza, la pesca y otras habilidades importantes mediante juegos de simulacro. Entre estos juegos, por ejemplo, hay uno en que los grandes se hacen pasar por animales y les muestran a los niños cómo tienen que hacer para perseguirlos y hacerlos entrar en las redes. Suena divertido, ¿no?

Por otra parte, sus juegos les enseñan a trabajar en conjunto para resolver problemas. Esto es vital, ya que la supervivencia de este pueblo depende de cuán bien funcione como comunidad.

Además, en cada campamento hay un área designada para uso exclusivo de los chicos llamada *bopi* y siempre ubicada cerca de un arroyo. Los adultos tienen prohibido el ingreso a esta área. Como cuando un niño de Occidente pone un cartelito de *No pasar* en la puerta de su cuarto, ¡pero este es un cuarto mucho más grande!

Por las noches o después de una buena caza, les gusta sentarse a charlar y repasar los eventos del día en unos banquitos de tres patas que hacen ellos mismos. Pero si la caza ha sido especialmente importante, festejan con bailes y grandes banquetes. Si han cazado un elefante, por ejemplo, no solo celebran por la abundante carne y el marfil que podrán intercambiar en las aldeas, sino que también rinden tributo al coraje del cazador.

¿CÓMO CRÍAN A SUS HiJOS?

Mucho antes de que un niño de la tribu nazca, sus padres comienzan a comunicarse con el espíritu del bosque para pedirle que lo reciba. También le cantan a la panza canciones sobre el bosque y así el niño logra conocer el mundo que lo espera.

Las madres evitan que haya peleas o ruidos en el campamento durante el embarazo. Una vez nacido el niño, lo bañan con las aguas de una liana aromática y lo visten con una tela hecha de corteza de árbol. Es común que la madre lo amamante por largo tiempo, incluso cuando el niño ya habla y camina. Toda la tribu se ocupa de los chicos: hombres y mujeres por igual. Las familias duermen juntas, casi siempre abrazadas, y los chicos siempre tienen algún pariente a mano que los mime. Expresan el amor que les tienen a sus hijos con este dicho: "Ama a los niños con extravagancia, ámalos con todo tu corazón".

Para celebrar el nacimiento de un hijo, las madres cantan la siguiente canción:
Mi corazón está feliz,
mi corazón vuela con mi canto
bajo los árboles del bosque,
el bosque, nuestro hogar, nuestra madre.
En mi red atrapé un pajarito,
un pajarito muy chiquito,
y mi corazón está atrapado
en la red con mi pajarito.

LOS BAMBUTi Y EL BOSQUE

El bosque Ituri está cada vez más amenazado por empresas que talan sus árboles y comercian sus productos. Los bambuti ya han dicho que ellos no saben ni quieren vivir fuera del bosque y que si el bosque se termina, ellos también desaparecerán.

Cuando alguien enferma o cuando la tribu se enfrenta a algún desafío, como una invasión de hormigas peligrosas, realizan el ritual del *molimo* para despertar al bosque y pedirle que venga en su ayuda. Tan a gusto se sienten en su entorno que ni siquiera le temen a la oscuridad cerrada de la noche, aun cuando no se ven ni las sombras de los animales que se acercan. Los bambuti creen que todo lo que proviene del bosque es bueno y, por lo tanto, la oscuridad también lo es. En momentos difíciles, se reúnen y recitan estas palabras:
Se cierra sobre nosotros la oscuridad;
oscuridad por todos lados,
no hay luz.
Pero es la oscuridad del bosque,
así que, si así debe ser,
hasta la oscuridad es buena.

GLOSARiO

➡ *AMINA:* 'Digna de confianza'.

➡ BAMBUTI: Los pigmeos que viven en el bosque Ituri.

➡ BANTÚES: Pueblos que se encuentran a lo largo del este, sur y centro de África. Son más altos que los bambuti y hablan otro idioma. Viven en aldeas y se dedican a la agricultura.

➡ ITABA: Una liana de raíces muy dulces que solo se encuentra en el bosque y que los bambuti comen como una golosina.

➡ *KUMAMOLIMO:* Significa 'el fuego sagrado del *molimo*'; es el lugar donde se reúnen los hombres y donde llevan a cabo sus rituales.

➡ *MOLIMO:* El nombre que le dan los bambuti a una ceremonia que llevan a cabo los hombres de la tribu en tiempos de grandes crisis. Utilizando una caña larga y sonora, los hombres cantan canciones toda la noche alrededor del fogón para despertar al bosque. Según ellos, el sonido que ejecutan proviene de un gran animal del bosque. El nombre denota al ritual en sí y también al instrumento que utilizan para llevarlo a cabo.

➡ *LIKO:* Una bebida que elaboran los pigmeos con frutos del bosque, hierbas y una semilla de árbol llamada *nuez de cola*. Los despierta y energiza.

➡ MONGONGO: Un árbol que los bambuti usan para muchos propósitos. Con sus enormes hojas, que pueden medir hasta 60 centímetros, toman agua, producen las colchonetas en las que duermen y cubren sus chozas.

➡ *NDURA:* 'El bosque', 'la familia', 'el mundo'.

ÍNDICE